新时代诗库

岁月青铜

刘笑伟 著

中国言实出版社

图书在版编目（CIP）数据

岁月青铜 / 刘笑伟著 . —— 北京：中国言实出版社，
2021.9（2022.9 重印）

ISBN 978-7-5171-3901-0

Ⅰ.①岁… Ⅱ.①刘… Ⅲ.①诗集 – 中国 – 当代
Ⅳ.①I227

中国版本图书馆 CIP 数据核字（2021）第 195994 号

岁月青铜

出 版 人：王昕朋
责任编辑：肖　彭
责任校对：赵　歌

出版发行：中国言实出版社
　　　　　地　　址：北京市朝阳区北苑路180号加利大厦5号楼105室
　　　　　邮　　编：100101
　　　　　编辑部：北京市海淀区花园路6号院B座6层
　　　　　邮　　编：100088
　　　　　电　　话：64924853（总编室）　64924716（发行部）
　　　　　网　　址：www.zgyscbs.cn　E-mail：zgyscbs@263.net

经　　销：新华书店
印　　刷：徐州绪权印刷有限公司
版　　次：2021年10月第1版　2022年9月第2次印刷
规　　格：880毫米×1230毫米　1/32　5.8125印张
字　　数：320千字

定　　价：58.00元
书　　号：ISBN 978-7-5171-3901-0

新时代诗库

刘笑伟，1971年出生，河北人，现任《解放军报》文化部主任，系中国作家协会全委会委员，中国报纸副刊研究会副会长。出版有《强军 强军》《家·国："人民楷模"王继才》等近20部著作，曾获第七、第九届全军文艺新作品奖，第十一届全军文艺优秀作品奖，第八届徐迟报告文学优秀作品奖，曾被评为首届"中国十佳军旅诗人"。

Liu Xiaowei was born in 1971 in Hebei. Currently he works as the Culture Department Director of "PLA Daily". He is a member of the National Committee of China Writers Association and Vice President of the Chinese Newspaper Supplement Research Association. He has published nearly 20 works, including "Building a Strong Army", "Home · Country: Wang Jicai, 'people's model' ". He has won the 7th and 9th PLA New Literary Works Awards, the 11th PLA Excellent Literary Works Award, the 8th Xu Chi Excellent Reportage Award. He has been rated as one of the first batch of "China's top ten military poets".

序

诗歌评论家　谢冕

　　展开这本诗集，满本都是雄浑的声音。底色是绿色的，战车、炮筒、将军和士兵，满眼的绿色，仿佛是盛夏时节，雨水丰沛，浇灌那些远山近树，充满生机。但是目前那绿色是仅仅属于军人的，很壮丽，但未必很鲜亮，有重量，甚至显得沉重，是由于承担，那绿色仿佛蒙着浓厚的沙尘，战争的影子，远远近近。这诗集的开篇之作，便充满了雷电：朱日和，钢铁集结！

　　现代战争惊天动地的身影，是我们所不熟悉的。这里是沙漠腹地，深褐色中有绿色的光影在行动。那些诗句都是钢铁的韵律。犹如夏日的篝火，暴雨般锤击，金属浸透迷彩，在晃动的灯光下，响彻我们灵魂的四壁。我们是中国军人，我们形成了绿色的海洋，是枪炮所构造的金属的鸽子，是夏日乐章中最热烈的一个章节，是峭壁上的花朵和黄金。诗人向我们展示的是我们不熟悉的别样风景，一种由坚定和刚健拧成的旋律，呈现的是庄严肃穆的雄浑之美。

即使是以淡出您审美的角度审视这诗集，它特殊的美感也给我们以震撼。还是诗人的句子神妙，他形容这特殊的风景：这"是热血开在身体外的漫山遍野的红杜鹃"，这是直指苍穹的利剑，这是冲击蓝天的极限飞行。所有这些，对于我们是多么陌生的声音和色彩，它是这样强烈地刺激着我们的神经，以另一套语言和意象演绎着我们熟知的概念，这就是和平和爱情，壮士的威武原本是温柔的。

我们读过许许多多的诗，那些诗都很优美，也很多情。有家园之美、都市之美、女性之美。每一次集会，每一次讨论，展示在眼前的几乎是全覆盖的甜美和温情。这很好，毕竟生活的主要构成是这样的。但是实话说，读多了有点腻，絮絮叨叨，千人一腔，有点审美疲劳。读者对于诗的期待原本是多面的，需要甜美，也需要不甜美，通体的流畅之后，甚至需要一点艰涩。于是，面对着另一种美的冲击，因为有点陌生，于是几乎就有一点兴奋：它毕竟打开了另一种美感的窗子。

记得前人有过谈论，那是钟嵘的《诗品》，一本给诗人"评分"的古代诗歌理论经典。它说到诗人张华的写作，给了个低分（好像是下品），理由是，"犹恨其儿女情多，风云气少"。这里提出了两个概念：儿女情，风云气。本来两者是并行不悖的，并没有高低之分。但是，因为涉及对于诗人的评价和定位，这就有差别。对于一个杰出的诗人而言，他可以写儿女情，但他不能少风云气。例如杜甫、苏轼和陆游，甚至李清照或辛弃疾，都是如此。谈到军旅诗，绝不可少的是诗中应有风云之气。军人的诗可以有柔情，但不可没有钢铁的音响和节奏。正是在这点上，我充分肯定刘笑伟的写作。

因为曾经当过军人，总是怀着亲切感阅读军旅诗。这本《岁月青铜》，除了充盈篇页间的那股激荡人心的英雄气，它基于军旅生活的现场感也十分感人。军队在沙尘中行进，战鹰在海天间翱翔。前进的连队停下脚步，在操场或是在会场，在紧张演练的空隙集结，这个连和那个连开始唱歌竞赛，他们叫"拉歌"。这是军队生活中最通常的场景，但在诗人笔下，这日常的活动，却写得有声有色，不同凡响：声音中的火焰，瞬间光芒万丈，加入钢铁，加入奔腾的想象，青春在奢侈地燃烧。

你们可能有所不知，此刻精心阅读这诗句的人，大约在70年前，曾经是"指挥"拉歌的一个连队中的、一个小小的"文化教员"。队伍英武雄壮，士兵久经沙场，而临阵指挥拉歌的，却是怯生生的刚刚参军的中学生。你们可以想象这个当年的小战士的心情。

刘笑伟有一支点铁成金的笔，他能够在平凡中写出不平凡。语言是通灵的，但总是出奇制胜，时时现出华彩。再如《拉歌》，他说军人的诗，惊天的韵脚，这还不够，进一步形容："这歌声中有盐，有黄金"，顿然间，平凡的事物放出了光彩。再如《荷戈行吟》，写军人的一个普通的早晨，"诗句，炫目的精灵，刚劲的乐曲"，"一个诗人，怀抱着一万朵鲜花和叶片"，阳光照耀着坚硬的骨骼、不屈的精灵。

体验了军人内心的壮阔之美，我们终于见到了军人的柔情。那是移防之夜，写与妻儿的依依别情：你的目光里含有冰块，不断撞击着我的脸颊，你向我展示孩子的眼睛，……这漆黑的夜晚空无一人，只有马蹄声碎。军人笔下，柔情万种也带有金属的节奏。谢谢穿军装的诗人，谢谢你们雄浑的、壮阔的、充满浩然之气的诗篇。

目　录

CONTENTS

第二辑　谁能阻止青春的燃烧

第三辑　写下太阳般闪亮的诗句

第一辑

钢铁集结

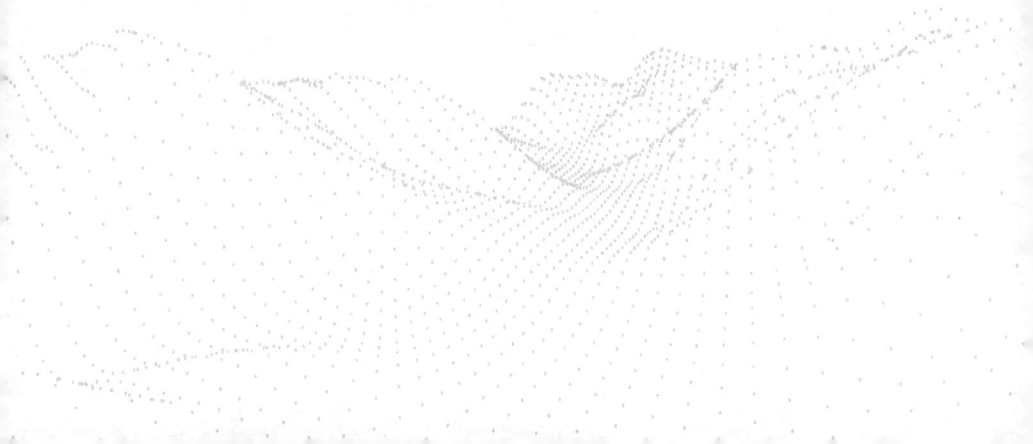

朱日和：钢铁集结

这是战斗的集群在集结。
在辽阔的、深褐的大漠戈壁疾驰，
翻腾起隆隆的雷声。
犹如夏日的篝火，用暴雨般的锤击，
为祖国送去力量和赞美。

这是战斗的集群在集结。
金属浸透迷彩，峥嵘写满军旗。
中国革命的果实，在我们思想的丛林
扎下深深的根：长征，依旧每夜
在灯光下进行，延安窑洞的烛火
响彻我们灵魂的四壁。

我们是中国军人，
是绿色的海洋，是枪炮所构造的
金属的鸽子，是夏日乐章中
最热烈的一节；是峭壁上的花朵和黄金，

是转折关头升腾的烈焰，
是凤凰涅槃般的浴火重生。
我们守卫着黄河的古老，
守卫辽阔的海洋和天空，
以及敦煌壁画的色彩。
我们热爱的云朵，垂下雨滴
守卫祖国大地上每一粒细微的种子。

这是战斗的集群在集结。
电磁的闪电蓄满山冈，
巨舰驶向深蓝。
我们是深山密林内，大漠洞库里，
直指苍穹的利剑，
是冲击蓝天的极限飞行。
是惊涛骇浪里，潜在最深处的
无言的威慑。我们是神舟，是北斗，
是天河，是天宫，是嫦娥，是蛟龙，
是写在每个中国人脸上自豪的微笑。

这是战斗的集群在集结。
我们是强军征程上，品味硝烟芬芳的
年轻的脸孔；是迈向世界一流的
热切的渴望；是热血开在身体外的
漫山遍野的红杜鹃。

只要有古老的大地，只要有复兴的梦想，

只要有美丽的人流和耸立的大厦，

我们就会永远用警惕的姿势抗击阴影，

只要有祖国的概念，只要有和平与爱情，

我们军人的意义就会永远

在大地上流传，绵绵不绝。

描红

——写在西沙石岛"祖国万岁"石刻前

礁盘上的礁石

是风，一阵阵雕刻出来的

是浪，一次次冲刷出来的

是盐，一点点侵蚀出来的

石头表面，布满时光的弹孔

凸凹不平——也就是说

在上面刻字

仅有钻头、锤子和刻刀是不行的

必须有舍生忘死的爱

必须有彻入骨髓的孤独

那个日子，也许是 2000 年的一天

其实，是哪一年并不重要

甚至这一年使他的爱

迎来了新的世纪，也不重要

重要的是，他是如何在十几米高的礁石上

刻下这四个大字的

重要的是，他是用什么颜料

让这四个大字如此鲜红的

刻字的那一刻

一定是个黎明

随着朝阳喷薄而出的

还有一个士兵的激情

他让战友用粗绳系住腰部

悬空在岩壁间

一笔一画地凿刻着

那时候，清澈而多彩的海水

一定掀起了百米高的巨浪

这块叫作老龙头的巨石

一定回想起自己五千年的沧桑

并在中国的南海边抬了抬头

擎起万丈霞光

大洋上，液体的山脉

一座座耸起，此起彼伏

浪花染白山顶，宛若雪山

再让阳光镀满黄金

使整个南海充满神圣的质感

五天五夜啊

整整五天五夜

四个大字写成的时候

他一定看到

天空中下起牡蛎和贝壳的暴雨

一定听到了海神的号啕大哭

那一天，一位中国士兵

完成的最后一道工序是：描红

把"祖国万岁"四个大字染上颜色

他没有用颜料

他用了一代代的士兵

忠诚热血里最隐秘的那种红

最无悔的那种红

汗珠和血液提纯出的那种红

忠诚和大爱冶炼出的那种红

仅仅一滴，就会让军人沉醉的那种红

他一笔一笔地描着

画笔上并没有颜色

他仿佛具有了无中生有的能力

笔画间气韵流动，色彩高飞

那刻骨的红

发出阵阵金石之声

终于，"祖国万岁"四个大字

与叫作"老龙头"的礁石

如此奇妙地融为一体

今生今世，我从未见过

如此鲜艳的红

这片红，闪电一般击中了我

这是一个中国士兵

用钻头、锤子和刻刀

在我身体里凿出的颜色

他把这片红，深深描入礁石和我的血液

让我每天的心跳

和南海的波涛一起

汹涌澎湃，响彻我和我的祖国

描
红

昆仑

一

一直在等待一首诗的到来

在那最初的原点，细流潺潺
拉响了高山。野鸟点燃了大漠孤烟
这是我诗中的语言吗
是我诗中的意象吗

起伏的峰峦，宛如思绪
树林和山涧是思考的产物
迸发出泠泠脆响。花的语言五彩缤纷
与云朵相互押韵。不远处，雪峰林立
让人一眼经历两个季节：春日与冬天

我是粗犷的，也是温柔的
冻土与冰川，捧起湛蓝星空与一弯新月

裸露在大地上，连绵数千里

像一部长达数万行的民族史诗

被仰望者日夜吟诵

二

一直在等待一首诗的降临

内心里是冰，也是熔岩

是冻僵的火，是火中的战栗

是野性的平仄，是尖锐对立的

颈联与颔联。簇拥着点地梅、虎耳草

这是诗中意象最有生机的部分

而冰层破裂，山泉喷涌的意象

在蓝空中，形成一把把冰刀

刺向突兀晴空里的湛蓝

云朵出现了，这是抒情的必需品

是诗歌朗诵最动人的片段

虚无缥缈间，满头白发的布喀达坂峰

让时间渐渐有了怀念的意义

三

一直在等待一首诗的降生

昆仑之所以谓之昆仑

不是因为石头，而是因为精神

不是因为苍凉，而是因为坚守

不是因为绵延上万年，而是因为

一代代戍边军人在这里留下的

身体。在这里大声朗读历朝历代的

连绵起伏的边塞诗

在这里戍守久了，肌肉会像岩石

岩石也会有肌肉的质感与体温

这是坚韧的力量，沉默的力量

把一万吨雷声压进胸膛的力量

把一种信念托举到

天空和太阳之上的力量！

那一天，我炽热如血，又冷峻如霜。

就这样，一首军旅诗诞生了

标题是两个散发异香的汉字：昆仑

石头上的边境线

一块石头

在营区里静静伫立

上面有一条曲折的线

仿佛岁月的年轮

清晰可辨

别人看不懂它的含义

只有这个边防部队的人

才能读懂

这是一条

深深刻进石头里的线

一条承载着朝阳与雪山的线

一条从中可以听到雷霆

看到闪电的线

一条如山川般古老

如大海般年轻的线

这条线

隐藏在营区的一角

一块岩石上

深深的印记

让我触目惊心

这是一道我们边防部队

所守卫的曲曲折折的

祖国的边境线

它被第一代守卫者

刻在石头上

一代又一代边防官兵

用手作笔

年年在上面描红

坚硬的石头上

形成了这道深深的印记

70 年了

这条线从没有收缩过

哪怕是一寸　一毫

军营观月

军营观月，不可忽略

它的前景。铁打的营盘

被一层层汗水浸湿

打磨出凛凛寒光

暴烈的火炮此刻亦变得驯服

炮管略微高抬，指向夜空

一只细小的蟋蟀

触角挑起几缕夜风

将渐渐冷却的炮管

化为绕指柔

这还不够。军营观月

你必须加入某种声音

譬如边境线上

界碑拔节向上的声音

松针与苍鹰对峙的声音

野花攻占峭壁上

最后一块领地的厮杀之声
最关键的是，必须加入
热血在脉管里涨潮的声音
心跳化为战鼓
锤击着天宇巨大的鼓面
让星星溅满夜空

只有这时，它才会出现
尽管浑圆饱满
也要称之为边关冷月
恰似一枚圆圆的勋章
奖励给戍边人
一地散碎的白银
足够远方的亲人
支付所有美丽的夜色

勋章

黝黑的脸
白白的牙
这片黑，就是阳光
留给士兵的勋章

皲裂的手
有着锉刀一般的硬度
布满茧花的手
就是磨炼
留给士兵的勋章

导弹发射架
发出低沉的吼声
按动发射键的手指
突破大山的沉默
武器优美的弧线
就是天空

留给士兵的勋章

每一个当过兵的人
我在人群中只看一眼
就可以认出
因为他的头发里有光
身子里有光
胸前有一枚亮闪闪的
别人看不到的东西

这就是岁月静好的和平
如此耀眼的勋章
就挂在
每一位士兵的胸前

对峙

抬起头来，我看到了一匹蒙古马

穿过黎明扬起的马鞭

在草原上敲击疾风，四蹄踩着闪电

成为呼风唤雨的可汗

它凝视着我。眼睛里的蒙古草原

唤醒了一大片飞驰的武士

骏马奔腾，让诗中的动词

在马背上跳跃，剑光席卷历史

对峙，心也有眼睛。我看见

自己背上长起驼峰，储存了

一个小小湖泊的水

隐藏着徒步穿越沙漠的梦想

抬起头来，与蒙古马对峙

渐渐看到了自己，奔波，隐忍

无惧死生，通体刺出光芒的利剑

成为时光草尖上的神

隐藏

把一匹蒙古马

隐藏在动词里

是藏不住的

作为风与电的近义词

白纸上掀起一阵阵尘土

落满了我的书房

把一匹蒙古马

隐藏在精神里

是藏不住的

吃苦，耐寒，一往无前

这些古老的汉字

垒起金色的圣殿

耸入云霄

让人前来朝拜

把一匹蒙古马

隐藏在心脏里

也是藏不住的

红色的血液

可以让万马奔腾

扑通扑通的声音

永无止息，响彻昼夜

这是文字的心跳

敲打着历史苍穹

骑兵们

蒙古马
在战场上
是最合格的战士
是的，它们是战士
这绝不是拟人化的称呼

那一年
骑兵这个兵种取消了

大草原上
骑兵的后裔们
依然是战士
它们把勋章刻在了身体上
明眼人
一眼就可以看出来

快于光

如果讲一讲空军的故事
我怕自己的语速跟不上
古人发明的所有词汇
都跟不上它的速度

快于风驰
快于说到就到的曹操
甚至快于光

在这里
有一种训练
叫"自由空战"
空战中
有一种最高荣誉
叫金头盔

不仅靠更复杂的相控阵雷达

不仅靠更先进的火控系统

不仅靠更灵敏的座舱显示器

你必须把鹰眼隐藏在眼眶里

把猎豹隐藏在身手里

你必须比风还自由

比失重更进入状态

万里蓝天之上

你必须快于光

让思维的闪电

化为瞬间的绕指柔

快于光

伸展的军旗

形成红色的激流

快于光

旋转的天空

化为蓝色的箭头

交汇于你的眉宇之间

捧着金头盔

你会蓦然发现

世界上最快的事物

不是光

而是生死

一瞬间
仅仅是一瞬间
因你的技艺超群
战争为你选择了生

朱日和的"狼"

走进大漠戈壁

风直接吹进胸腔

像刀子一样

刮你的骨头

抵近朱日和

仿佛听见一声狼嚎

让一个人心惊的声音

一定会让一支队伍心惊

朱日和

无数支"红军"败北于此

"踏平朱日和

活捉满广志"

成了多少军人的梦想

他有狼的韧劲

——把自己逼到绝境

把自己难到极致

烈烈阳光里

深邃星空下

他把兵个个逼成了狼

他有狼的狡黠

他说：拳头打败指头

其实，拳头就是合成战斗群

他的指挥员

人人可以呼唤炮兵

可以呼唤直升机

——指头再硬

也敌不过攥紧的铁拳

他把骨头当作琴弦

每个漆黑之夜

在大漠深处敲响铜声

让人听到狼嚎

让人感到"蓝军"的神秘与可怕

抵近朱日和

你也在抵近一只狼

"我是蓝军旅长满广志"

——他伸出手来

即使是握手

也让你胆战心惊

枪族

大片森林汹涌不息地跌倒

经过死亡精心的雕琢

成为枪的一部分

乌黑的矿石冶炼无数次之后

凝聚成枪的脊梁

和闪亮的准星

枪的脾气

是世界上最暴烈的脾气

一触即发，迅猛而无情

里面包含着太平洋翻卷的波涛

和南美洲黄铜的岩石上那缕神秘的月光

枪的语言是世界上最简洁的语言

只有一句话，不容你回答

或者站起来或者死亡

不允许你有别的选择

枪族

枪是世界上第一千零一个种族

枪是世界上最刚强也最懦弱的人种

当有一天，所有的枪

在沉寂中长满青苔，或者生根、发芽

它所吐露的花朵

是人间最美的春天

雪线巡逻

在氧气都吸不饱的高原

端午吃上粽子，几乎是一个梦想

天空湛蓝，雕刻出一座座雪山

迎风拔节的云朵

以迅雷的速度

接近一动不动的苍鹰

端午，雪山就是粽子

一个个有序排列

头顶上自带细腻的白糖

甜得仿佛要融化

阳光的金线，缠着

宛若粽叶的绿色山谷

这些大山是祖国的

每一块界碑，都是一粒种子

里面住着屈原的《离骚》和《九歌》

抚摸这些石块

就会流淌出阵阵香气，经久不散

端午，雪山就是粽子

让寒风的刀一片片切割下来

巡逻路上，战士蘸着白雪

一口一口，放在嘴里慢慢咀嚼

营区之晨

在阳光急行军到来之前
这里只有雾气，散兵游勇般地
在大地上漫游，似乎并不流连于
安宁扎寨

山作为背景，作战地图一样陈列
映衬着棱角分明的营房
似刺刀，内心中饱含着凛凛寒光

军号响起的时候，雾气迅速撤退
大山也增加了高度
太阳如诗，充满音乐的力量
汹涌澎湃，弹奏战士的铮铮铁骨

新的一天以光速到来
携带着金灿灿的汗滴，硝烟般的咖啡味道
兵法般善变的天气也已抵达

复活

军旅诗也有舒缓之时

当士兵们小憩，远山头顶着清泉

以泠泠作响造句

几朵山花染绿纸上一角

那意境妙不可言

旋即，风格转换

语言的蒙太奇

解读大漠孤烟

直抵长河落日

英雄情结——复活

腰下之剑舞动楼兰之风

甲光向日咏叹金鳞

一组组词语的雷霆

伴着闪电，在笔尖闪亮碾过

那意境同样妙不可言

与玉龙雪山对饮

是酒，也或许是茶
是什么并不重要
这是一种人生庄严的仪式
坐下来，用自己沧桑的青春
与玉龙雪山对饮

青春是山脚铺张的草甸、青松
中年是山腰孤傲的云杉、冷杉和红杉
再向上，老年就只剩下石灰岩、玄武岩的黑
还有冰川的白

有岩石的语言
有云朵的修辞
高处不胜寒，却盛产让人噙着热泪的诗
你永远揭不开她的面纱
却永远被她吸引到天荒地老

头顶的雪花，顺着额头融化而下
一泓浅蓝色的湖泊
倒映着玉龙雪山的青葱岁月
和你忧伤的琴曲

取一瓢饮，雪水甘洌
如酒，亦如茶
与玉龙雪山对饮
渐渐地，你也成为一座雪山
头上渐渐生出白发
冷若冰霜，又热烈如初恋

在军博，参观美 U2 侦察机残骸

安静里藏着惊心动魄。正如一朵洁白的云
隐藏着闪电和风暴。正如一个名词
隐藏着形容词和动词的韵味。
气，就是这样一个词：这个词里
我可以看到气吞山河的气，
血气方刚的气，正气凛然的气，
怒目圆睁、令人胆寒的气也扑面而来
用胸膛与子弹较量的气，
把身躯交给烈火的气！这些气
把高空中的钢铁洞穿，把陆地上的钢铁
烧化。这些气，可以燃烧成乌黑天宇里
闪烁的金色星体。这些气，可以站立起来
背后是一面面壮美如画的战旗

惊心动魄里也有云淡风轻。正如动词
可以静静地转化为名词。击落是一个名词
成为军事博物馆展室中墙体的一部分

击落是黑洞洞的，折射着天空中的阳光

还有地面操作者高超的技艺。击落里

还隐藏着声音，70 年后金属撞击之音

还围绕着我的耳膜，轻轻地向我教唱

英雄赞歌。而此刻，北京天高云淡

正在享受和平的、充满花蕊和芳香的阳光

一次参观就是一次传奇。现在，军博的广场上

我挺立着，如导弹，可以拥抱云朵

如战斗机，可以随时腾空。阳光密密麻麻

编织着我的身躯。我是钢与气的融合体

正如晴天响雷，正如大海扬波

在天空与大地之间，激荡战争与和平的画卷

雪山的重阳

岁岁重阳。今天的雪山格外的高
高于云朵和边塞诗的语言
视线之外，苍鹰和河流相互绽放
峭壁悬崖之上，一朵野花
打开了金灿灿的秋天

登高的，不止于战士的步履
更有呼吸着氧气的意志
一步一步，接近极限
在雪山上眺望万里群山
最明白"锦绣"与"多娇"的意蕴

重阳节是一种气味
缠绕在鼻尖。这种思念
比天空更湛蓝，比诗句更古老
战士在巡逻，山道像家乡话一样蜿蜒
他在想：我在替年迈的父母亲登高

让他们在远方安享春天

他在想：不似春光，胜似春光

多么美妙的寥廓江天万里霜

鹊桥

在高原，雪山之上的哨卡
有军嫂来队探亲
是一件无比奢侈的事情

那年春节，经过无数道辗转
一片火红的围巾
即将点燃雪山
比春天万顷繁花的降临
更能激动人心

那一刻，太阳是黄金制造的
白银铸起了整座雪山
漫天飞舞的，是雪花的钻石

转瞬，登山成了最后的
不可逾越的堡垒
九万吨风雪将大山封闭

天地之间，除了狂风暴雪

一无所有

他们多么需要一座鹊桥

比如一根电话线

（手机是没有信号的）

比如一把望远镜

（却隔着茫茫大雪拉起的帷幕）

可能只有带着血丝的呼喊

更为可靠

呼喊爱人的声音

编织起一座鹊桥

它胜过了无数的飞鸟

胜过了一切没有沧桑的爱情

你张开双臂

春天的泪水
载着时光列车抵达我的眼眶
一声汽笛里，苍老的野草已悄然吐绿

雪还在下，湖水依旧湛蓝
山还在耸起，头上长满孤独的白发
一只鹰还在天空激荡，抓举起万丈长风

一张薄薄的纸也可以掀起波澜
我看到你的背影呼啸而来
像子弹，击中了我的心跳

大多数时候，界碑
是一块庄严站立的石头
而此刻，山石也渐渐有了奔跑的体温

你张开双臂

绵延成一座巍峨的喀喇昆仑

让我们在春风里一次次仰望

你张开双臂

第二辑

谁能阻止青春的燃烧

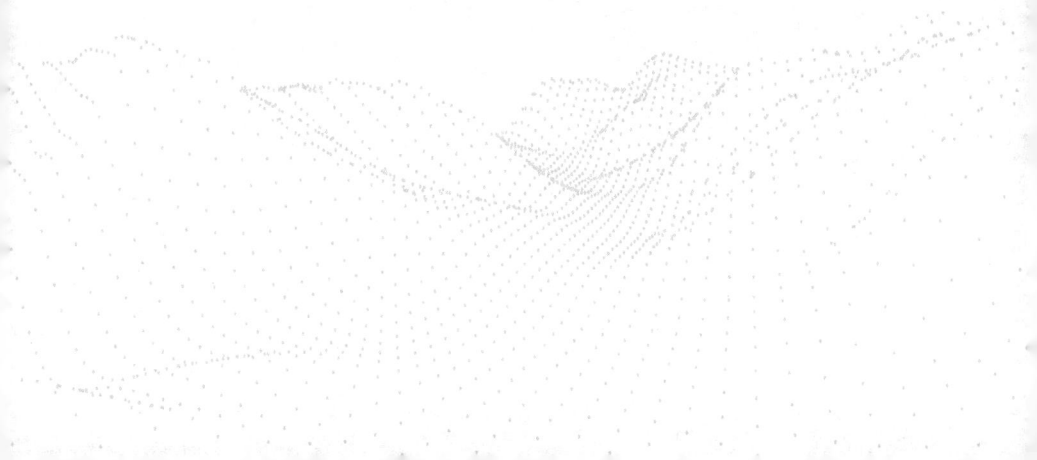

火焰
——《进驻香港的三种意象》之一

那一天

瓢泼大雨

抽打着深圳、香港

敲击着深圳河

以及远方的维多利亚港

试图浇灭世间一切

却无法浇灭

我身上的火焰

是的，我是带着火焰的

看，我周身滚烫

通体鲜红

谁能阻止青春的燃烧

听，我的胸膛里

是火焰升腾的声音

比暴雨声更昂扬激越

把《南京条约》燃烧掉
让百年屈辱
化为捆捆干柴
把150多年的沧桑燃烧掉
让等待的目光
化为火焰外围
那层激动人心的
蓝色火苗

燃烧
我的皮肤上带着烈焰
我的心脏跳动着火种
大雨的手指
弹奏着火焰的激情
这滂沱大雨中的火焰
是何等鲜明的意象
何其壮美的图景
在我青春的画廊中
永远是最昂贵的
最奢侈的
那一幅画

暴雨中的火焰
至今仍未熄灭

火焰

时常在我胸膛

熊熊燃烧

让心中的黑暗

瞬间化为灰烬

刀锋

——《进驻香港的三种意象》之二

没有谁能阻止
我们为祖国
收回香港

那个神圣的子夜
我们就是锋利的刀
用身影划开雨幕
也划出历史的地平线

我们是刀
用青春开出了刃
我们是剑
用汗水磨出了锋

防务交接那一刻
我们的脊梁

根根都是铁骨铮铮的刀剑

列队齐整

挺拔闪耀

"你们可以下岗

我们上岗！"

走好，英国军人

我们自己的土地

有我们自己的刀锋

虽然并未出鞘

但已寒光凛凛

让青春飞扬的光芒

照到 20 年后

依然刺痛自己的眼睛

刀
锋

花海

——《进驻香港的三种意象》之三

"前进、前进
我们的队伍向香港"

"你说你没有看到花
我说我见到了花海"

紫荆花

五片花瓣

似火　如霞

佩戴在我们胸前

插满我们的枪口

芬芳扑鼻

让青春如酒

此生沉醉

前进、前进

花
海

车流滚滚

紫荆花在车轮绽放

一路疾行

一路花海

舰艇劈波斩浪

紫荆花如影随形

直升机在空中轰鸣

紫荆花洒满蓝天

秀发飞舞

灿若人间仙境

你看不到花海

假如你不带着千年喜悦

你触不到花海

假如你不是神圣的士兵

"回归路上

开满紫荆

花海飘香

相伴一生！"

红海

过了吉布提

红海像少女细密的头发

舒展在我的眼睫下

我用目光扣响红海幽蓝的皮肤

声音点点如阳光飞扬

视觉如丝

滑过红海的脸颊

我听到骨头在轻轻地拔节

里面飞出自豪，飞出渴望

飞出青年海军的炫目多彩

此刻，我施展七十二变

化身为一只白色海鸥

在驱逐舰的雷达线上抒情

化身一支迎向阳光的手臂

把五星红旗高高举起

我用英语和红海的黎明对话

用阿拉伯语与明媚的黄昏交谈

我与潇洒的军姿一起

共同温习地中海的脾气

月光下，拿出刻刀，拿出梦幻

把远航日志一笔笔刻在

生命金色的年轮里

是的，那就是我——

撤侨时，牵着一个孩子的手

孩子脸上明亮的笑

化为军衔上的一道波浪

在我肩上拐了一道迅疾的弯

其实，大国的尊严

就在我们的航迹线上延伸

因为有了青春的远航

士兵的生命才会珍贵无比

航行久了

呼一口气

舱内便有海风吹拂

唱一支歌

餐桌上便是海浪悠悠

红
海

想一个人

夜晚的璀璨星空里

就有一颗最蓝最亮的星

想象中最惊天动地的画面

就是返航时，你来迎接我

我吐出一口气

使你的头发蒙上一层

细细的盐粒

你的发如雪

照亮我手指间的夜晚

移防之夜

只有今夜，我才感觉身如壁虎。

头倒悬着，紧贴着墙壁一角，

身材矮小，面对你和孩子的爱。

你的泪水流成一条青蛇，

一下咬在了我的尾巴上。

我一阵剧痛，尾巴总是要断的——

且让它挣扎一会儿。

你的目光里含有冰块，

不断撞击着我的脸颊。

你向我展示孩子的眼睛，

乌黑，透亮——在我手掌中

变成一粒透明的种子。

我把它揣在怀里，

听到心中有七匹金色的小马驹驰过。

是的，金色的小马驹。

这漆黑的夜晚里空无一人，
只有马蹄声碎。

亲爱的，我挚爱的团队重塑筋骨，
如今，它扇动强劲的翅膀，
将向更高远的地方飞去，
每一片羽毛都要收藏一阵飓风。
亲爱的，你读过《庄子》，
直上九万里，需要巨大的羽翼，
更需要阔大的天空。
我要振翅高飞，实现更高远的梦，
像鲲鹏，羽毛上刻满雷霆和闪电。

失去团队，就如同失去风和天空。
所以，我要走，就在今夜。
亲爱的，我现在就变成一只壁虎，
请你紧紧咬住我的尾巴——
让我剧痛，
也让我重生。

军营的声音

军营的声音，在某一个夜晚

明目张胆地经过我的梦

我手摘星辰，扬起满是皱纹的脸

在夜空中取下星星作为眼泪

军营的声音，如水陆两用坦克

轰隆隆地穿过梦中的河流

碾压出一种奇怪的水花

领章，帽徽，军装

统统在这一刻集合

我充满虔诚，在汹涌的河水中

张开长满老茧的手

唱起一支老兵们传下的歌谣

军营的声音，长满锋利的牙齿

它闪着寒光，令所有小兽们胆战心惊

军营的声音，带着神秘的水

垂在土地上

洪水退去，铁树开花

石块绽裂，散发异香

军营的声音，从这个夜晚传来

它经过了所有的军营

经过了所有穿过军装的人

这一刻，大地上挤满了前来赴约的人

他们饮尽了所有的酒

抱住了所有的肩膀

他们每个人，都重返十八岁

他们唱歌，他们跳舞

他们的番号，把天空掀起了一角

漆黑的夜空背后，居然是太阳

来吧，弟兄们

大片的阳光已经升起

照耀了所有的夜晚

1990 年的铁钉

都说"好男不当兵

好铁不打钉"

那年春天

我来到部队时

就是一小块生铁吧

新兵连是火炉

顶着烈焰

在刺骨的风中大汗淋漓

火越烧越旺

炼出军姿　炼出正步

炼出标准的军礼

我已浑身通红

热度已穿透火炉

偏偏被排长又加一把火

紧急集合的光芒

刺伤漆黑的夜色

没有感受到锤击
却分明听到铁锤的声音
日夜在耳畔回响
条令的煤　纪律的炭
让这火苗越来越旺
我快融化了吗

终于那一天
有军徽的帽子
带列兵军衔的军装
如一道绿色水流
从头到脚贯穿我全身
或许这就叫淬火
一道青烟升腾
体内那个地方青年
彻底离我而去
新兵下连
我的身躯冷下来
渐渐有了金属的光泽

是的
我已经是一枚钉子
可以穿透任何坚硬的事物
让对手感到永久的疼痛

老连队

岁月多像一个巨大的魔盒

记忆也是如此

打开第一层是风

攥着飞扬的沙子

第二层是雨

握紧一些雷霆

第三层是北京

隐隐可见故宫的剪影

第四层是昌平

有着不少温泉和大片的密林

我用我的手指

一层层打开记忆的盒子

伴着心跳和泪光

第五层　开始出现

一座小镇的模样

至今依旧叫"南口"

第六层是一座营盘

让我想起法门寺里

那一层层精美的盒子

最后出现的舍利

第七层是一口老井台

第八层是一片操场

第九层　你出现了

—— 一座苏式建筑的老平房

打开这最后一层时

我流泪了

这就是我的老连队

里边住着我的青春

我的骨头在这里

经过那段岁月后

也晶莹剔透

闪闪发光

并且时常铮铮作响

渐渐地，军装与我的皮肤融为一体

从没用针线

缝过军装

挑灯夜看：

却总见密密麻麻

布满针脚

那是目光之针

是感情之线

穿针引线间

从英姿少年

到双鬓如雪

渐渐地

军装与我的皮肤

粘在一起

融为一体

每晚脱衣时

都有撕裂的痛楚

卧在床上
看月光下
红色的血
浸染金黄的骨头
渐渐地
周身又长出一层
绿色的皮服
这是谁都撕扯不掉的
包括岁月

军被，此生最温暖的被子

早些年

这样的诗

我是不屑写的

曾用吃奶的劲

叠被子　压边　抠缝

用牙　用水

用尽一切手段

把被子折腾成

馒头的样子

有何诗意可言

老兵们就不一样了

他们的被子

方方正正

棱角分明

没有火气

安安静静

放在哪儿

都是兵的风景

——只有老兵长满茧花的手

才能让军被有形

军被

此生最暖的被子

多想再为它写首诗

却再也写不出

原来的滋味

拔出军姿来，你就是真军人

不能在水泥地上
扎出肉色的根须
在军营里没人瞧得起
不能让汗水
穿透胶底鞋
就不算真军人

盛满阳光的操场上
练军姿成为必修课
向上　向上
阳光越是锤击
我们越要接近太阳

听　骨节在噼啪作响
汗珠在皮肤上
擂响密集惊天的战鼓
拔　向上拔

即使 12 级台风吹来

也必须纹丝不动

眼睛上的睫毛

都不能发出一丝声响

拔出军姿来

你就是真军人了

练军姿

就是把纪律

压进青春的枪膛

对着自己的胸口

无情地扣动扳机

齐步走

齐步走

其实就是在寻找

一种共鸣的声音

这声音从指挥员的喉咙里

吼出来，长着很威武的样子

在战士头顶如苍鹰般盘旋

队列里，战士们用手

摩擦着裤缝线

很快，这种声音就会

如约到来，整齐划一

里边传出

悬崖岩石滚落的声音

大海惊涛拍岸的声音

甚至有雷声传来

把天空托举得很高

一二一

一二一

多么简单的音调

只有两个字、三个音节

可里面有席卷大漠的风暴

有锤击天宇的雷霆

有无穷无尽的变幻

齐步走

就是永远向前、向前

不喊立定决不止步

去碾压一切困难和危险

即使面对牺牲

也只有一个微笑

一个当过兵的人

哪怕一个人

也会齐步走

耳边会有口令传来

一二一

一二一

这声音真美

总在不经意间

矫正自己的步伐

拉歌

这是最普通的场面了

走进营房

有集会的场合就会有拉歌

让声音中的火焰

瞬间光芒万丈

从没有见过

如此强大的气场

在这一刻

青春在奢侈地燃烧

加入钢铁，加入夜色

加入奔腾的想象

加入一切可以加入的东西

看啊，夜空在熊熊燃烧

拉歌

是军人的诗

是惊天的韵脚

这歌声中有盐，有黄金

让军人的一生

珍贵无比

铁骨铮铮

手榴弹

木柄的手榴弹

压缩着浓黑的硝烟

和一万年前暴烈的阳光

手榴弹　静止在阴暗的弹箱里

像一枚沉睡的化石

期待着阳光和缤纷的花雨

手榴弹的指针

永恒地指向死亡

它的沉寂是一团黑密的云

包裹着声音的核

小小的核是静止的

几吨重的声音在里面沉睡

密封的拉火环

像一只命运的手指

藏在生命中隐秘的部分

没有光的日子
手指弹动着死亡的音调
那炫目的乐曲
掠过手榴弹内部的郁郁丛林
和军工厂的那段黑色的走廊

手榴弹　想象着健壮的肌肉群
所甩出的圆满的弧线
一阵惊人的烟缕从木柄里涌出
她怀抱里的一切
都将在极致的辉煌里
刹那间凋谢

穿越腾格里

腾格里
一只巨大的鸟
一个翅膀上沉积着阳光
另一个翅膀上旋动着沙砾

腾格里
正午的白色的腾格里
士兵的汗
构成阳光中跃动的音符
金黄而明澈
与巨大的列车一起
渐渐抵近大漠的心脏

比骆驼刺更孤独的是水
比卷风更健壮的是雄鹰
一支苍凉的歌子
不知从何处腾起

击打着如血的夕阳
穿透战士的胸口

列车穿越腾格里
黑暗转瞬降临
热的血　干裂的唇
凝对着孤寂的圆月
黑暗中不知是谁
在一字一字地念叨
祖国　母亲
母亲　祖国

大片的歌声

士兵的嗓子是辽阔的黑土地
里面栖息着大片大片的森林

士兵的嗓子是深厚的黄土高坡
金黄金黄的小米在嗓音中闪现

大片的歌声，仿佛大漠上分明的马群
饮着一泓亮晶晶的月牙泉

大片的歌声，在士兵的嗓子里奔涌
宛若黑蓝的海浪拍打着日落时的海滩

大片的歌声燃烧着最后的激情
形同绚烂的野火转向茂密的植被

大片的歌声在风中燃烧

采集着大量的阳光，为疲倦的落日送行

士兵们聚在一起，扬起青铜的号角
压低黑暗，使自己高于浓浓的夜色

坦克

在大地上怒吼抑或静止，
这些钢铁的实体，撕裂空气，
为天空披上斑斓的虎皮。

一条履带上挂满风暴的鼓，
另一条履带上，生长宁静的花蕊。
炮塔在旋转，这里是台风的中心，
热带风暴在钢铁的丛林中酝酿。
炮管，犹如指针，
切割时间和意志，
一边是黑暗，另一边是光明。

这是装甲兵的故园，
是金属的狂风，矿脉的结晶体，
碾过没有翅膀的陆地，积水和壕沟。
一条钢铁的河流，一道绿色的闪电，
扬起风暴和尘土，

大地的肌肉在激烈地扭动。

射击！一道迅猛的吼叫，

一只火焰的巨手从炮管中喷出，

抓住死神的躯干。

战斗室里永远是没有风景的夏天，

汗珠在额头上茂密如夏夜池塘的蛙鼓。

我们在奔驰，带着雷神和大海。

坦克是我们的另一种生命，

他喉咙里喷出的话语，

就是我们最青春的语言。

被装列队

列队吧，可爱的黄色小脸盆。

列队吧，幽默的不锈钢口杯。

列队吧，冬袜夏袜和灰色的裤头。

列队吧，腰带、衬衣、水壶和蚊帐……

比起当新兵时，

这些被装真的是太丰富了，

如士兵般在我面前列队。

被你们包围的感觉真好。

稍息，我是你们的班长。

我会每天陪伴着你们，

对你们耳语，说出让你们心跳的情话。

立正！我还有会让你们按方位角行进。

我穿着便装时，

也常有人说，你身上有股精气神。

其实，那是军帽、军徽的气质，

那是礼服、常服的气味，

那是冬装、夏装的精神，
那是沙漠迷彩和作战靴的神采……
——穿得久了，渗透进我的每一寸皮肤。

30 年了，如果被装统统列队，
也会汇成一片汪洋大海。
来吧，都到我面前列队吧，
报数，喊番号，
带着滚滚波涛、雷霆和我全部的梦。
我知道，我的背后还缺少一道光，
能够终生携带、照亮宇宙万物的光，
期待着有一天，我能在战场上找到它。

一天四季

云彩来时，进入冬天

云彩散去，即为夏天

高原上的四季，是瞬间转换的

正如老兵，捧着一封女友来信

夕阳把信纸染得金黄

心情随即转向深秋

当他想起祖国，想起戍守的边关

下陷的指甲，皲裂的手掌

瞬间绽放出高原上极为罕见的春天的绿苗

老兵

战争击沉了老兵的声带，

他拄着拐杖，一动不动地凝视夕阳，

几个光腚的娃子在他的歌声下栖息，

他的歌声嘶哑，如蓝空中的鹰。

那歌声在黎明的时候是紫色的，

在傍晚的时候则转为深褐。

老兵的眼睛，像炮弹一样抓住远方的麦秸垛，

他用歌声压迫你，撕碎你。

你无法逃离那歌声的熔炉，

老兵挥动手臂，使光腚的娃子们钦佩不已，

那歌声扇动它坚硬的羽毛，

把玻璃窗扇得嘎嘎作响。

老兵死去的时候，身边没有亲人，

后来听说他的坟上长出了一种奇异的草，

每当有风吹过，就会响起一支歌子，

谁听了都会流下伤心的泪。

老兵

荷戈行吟

早晨，阳光和繁花

无声地降落

阳光的羽毛

甜嗓音的孩子

打开一束温柔的花

开放在窗前

诗句，炫目的精灵

刚劲的乐曲

长着眼睛的宝石

穿过战场上

那些枯萎的大树

为树枝点上一片片绿叶

一个个站立着的孩子

在纸上闪烁

映亮一个诗人

穿着绿色军装的诗人

血液在奔流

那是一支春天的乐曲

生长着叶子、花朵和远去的风声

一个诗人

怀抱着一万朵鲜花和叶片

坐在春天里

阳光穿透了他的内脏

和不屈的骨头

荷戈行吟

坐上高铁，去看青春的中国

一

是的，又到了启程的时刻
第一百站，我还在回味
逝去岁月的风景。已经足够辉煌了
那些诞生于真理中的火焰
星星之火，点燃了那片沉睡的土地
多么辽阔啊，像信仰一样
那些金色的信仰，那些燃烧在
枪林弹雨中的牺牲，那些隐藏在
历史褶皱里的，被光阴挖掘出来的
闪亮，让我持续地感动
我无法一一诉说，却值得自己一生珍藏
让信仰之光照亮前行的路
让热血的流淌，给生命带来感动

二

是的，又到了启程的时刻

坐上高铁，去感受沧桑巨变

在时空中穿梭，以飞翔的姿态

岁月深沉，种下的一颗初心

在古老土地上迅速发芽，茁壮成长

眼前的风景已让我认不出

"欢歌已代替了悲叹

笑脸已代替了哭脸

富裕已代替了仇杀

生之快乐已代替了死之悲哀

明媚的花园已代替了凄凉的墓地"

让我感动的，不仅是那些高楼大厦

还有那些细密的乡愁

不仅是人们的笑脸和富裕的生活

还有绿水青山堆起的金山银山

一路的风景，让人感叹不已

变化太大了，让人认不出

这个百年之前，还在油灯与柴火之下

呻吟和饥饿的中国

三

是的，又到了启程的时刻

坐上高铁，去看充满生机的中国

这宽敞舒适的空间，是中国的

汹涌澎湃的动力，是中国的

复杂灵敏的操控系统，是中国的

高效率的调度与繁忙的节奏，是中国的

我看到天空变得越来越湛蓝

行驶在广袤的大地上，风像早晨一样

清新。小河如蜂蜜在地平线上闪着光

我看到早起的人们，背负着纤细的梦

在田野上，在车间里，在工地上

种植大片的阳光。我看到越来越年轻的声音

在天空中飞翔，带着撒着香气的胚芽

正在突破黝黑的泥土

准备点燃光的版图

我看到无数个创意的翅膀

在翻滚的浪花间滑翔

准备登陆梦幻的海岸

四

是的，又到了启程的时刻

坐上高铁，去看青春的中国

这一站到达的是"抗疫"站

这里青春的面孔，深深地打动了我

这些脸上依然稚气的孩子

正肩负起民族的重任。脸上密密的汗滴

诉说着一个又一个惊心动魄的故事

厚厚的防护服，筑起一道连绵起伏的堤坝

筑起中华民族健康的屏障

这一站，到达的是"科技"站

中国人的梦想，璀璨得让太空升起

多少颗闪亮的星星。梦想的金色大厅里

歌声越来越充满青春的力量

放飞神舟，让年轻的梦一飞冲天

在太空中印上大红的中国印

放飞嫦娥，让中国人的神话

在月亮之上，真实上演

还有更多的梦想，更多的希望

比如登上月球，建起空间站

这将是用中国人的科技，一米一米

托举向太空的自豪

这一站，到达的是"脱贫"站

"一个都不能少"，是中国共产党人的

铮铮誓言。在茫茫大山中，种下一粒种子

在茫茫戈壁滩，挖一眼甘泉

8 年时间，近一亿人脱贫

这是书写在世界脱贫史上的人间奇迹

东部与西部携起手来

中央单位加入其中，军队加入其中

12.3 万家民营企业加入其中，参与"万企帮万村"……

涓涓细流，汇成奔腾的大河

浪花挽着浪花，向着波涛壮阔的大海进发

五

是的，又到了启航的时刻

七月，把山川溪流都染上金色

光芒四射，光在种子里奔流

光在麦穗里激情行进

光在大地上播撒青铜的旋律

光在旗帜上书写璀璨的荣光

坐上高铁，去闪回岁月

从一艘小小红船，成长为巍巍巨轮

一百年光阴，在一个政党的手中

每一秒都辉煌灿烂

惜墨如金的巨笔，在古老中国尽情挥洒

一个庄严壮丽的国度

一个大气磅礴的国度

一个朝气蓬勃的国度

一个青春不老的国度

在亿万双勤劳的双手中

一代代逐渐打磨成形

绽放出瑰丽的光芒

青春中国啊，山峦在朝阳间

大声地朗诵时光的云朵

草原舒展，雨点的手指

在草尖的琴键上弹奏绿色的交响

南国的椰林、木棉，在热气腾腾的早晨

——苏醒，成为春天史诗的一部分

新疆的棉花，纯洁无瑕，温暖如初

在大地上燃放七彩的焰火

珍珠般的南海小岛，唱出爆破音

汇入了豪迈雄浑的七月大合唱

七月，镰刀收割着金色的希冀

锤头击打着青铜的天空

群星璀璨，照彻天宇，每一颗星辰

都吟唱出一百年的青春

一百年的古老，一百年的牺牲

一百年的奋斗。清澈的爱，只为中国

你和我，用疾驰在大地上的爱

共同见证，一百年的

盛满光明和激情的盛典

六

是的，又到了启程的时刻

让高铁穿越春风呼啸的中国

穿越浩荡的平原、山川

穿越怀揣梦想的草木、森林

穿越大风中歌唱的鸟群

穿越抒情诗般明亮而多情的炊烟

穿越梦想的心跳，在十四亿颗激荡的心间

共同蓬勃跳动的金灿灿的希冀

穿过激流险滩，穿过千难万险

凤凰涅槃的中国，青春壮丽的中国

生机勃勃的中国，热泪盈眶的中国

一百年冲刺后，再次出发的中国

前方，那个光辉的站台已逐渐清晰可见

那个站名已被我们的梦想大声朗读：伟大复兴！

第三辑

写下太阳般闪亮的诗句

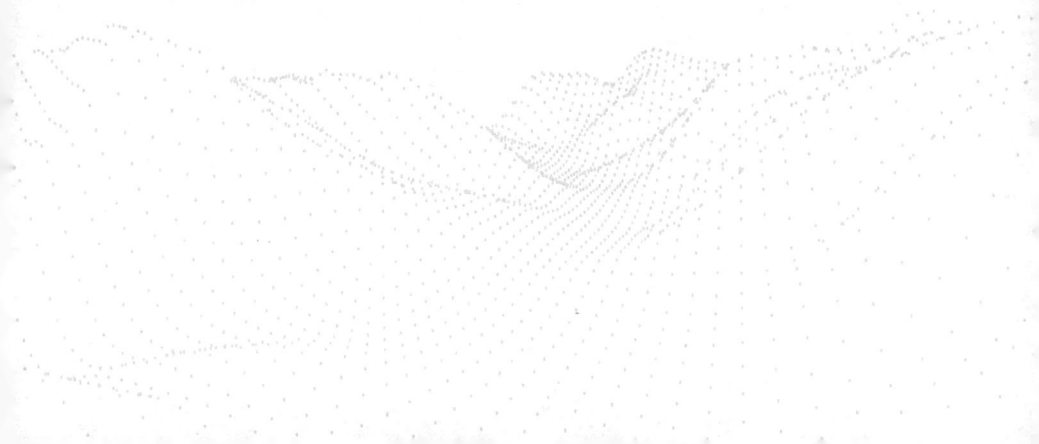

我们必须仰望的事物

在六月的长沙，在国防科大
处处可见我们必须仰望的事物
比如银河，比如北斗
比如夺人双眸的光剑
比如校史馆里
熠熠闪光的历史的细部
比如院士墙上，那些悬挂着的
脸孔般的星辰

比如诗歌
比如韵律
其实，在法则和境界的最高处
科学与诗歌是相通的
比如参观天河实验室
我看到了押韵的光
组成天体般神秘运行的诗句
高速的浮点运算

黑色的机柜排列星空的壮阔

我看到了一些不能言说的美

妙不可言的平衡

天河，何其浩渺

像诗的意境，何其悠远

其实，在法则和境界的最高处

天与人也是相通的

正如我们仰望北斗

也正被北斗所仰望

我们在展厅里高速运动

转瞬间，飘飞的思绪

已至千里之外

在校园里行走

我们把诗意

发射到内心的天空

也如北斗般

把奢侈的梦想

短暂回归的青春

以及喷涌而出的诗思

精准定位

在国防科大

有我们必须仰望的事物

比如名词"祖国""荣誉""梦想"

比如动词"倒计时""只争朝夕"

比如那些奋斗的身姿

比如那些踏着星光回家的脚步

甚至是那些在课堂里

梦想如花儿般绽放的

年轻的面孔

年轻得可以让身体升上星空

仰卧天河

头枕北斗

手握光剑

在天宇间写下太阳般

美妙而闪亮的诗句

青春无价

梦想无价

——我们必须仰望

北斗

天空中
那些细碎的银两
也会熠熠闪光
只不过没有北斗
那种金黄的色彩

星星如果承载梦想
就会闪闪发亮
星星如果争一口气
就会上升为北斗

仰望北斗
检验一个民族的方向感
星辰，如大海头顶
那一束束白色浪花
折叠起阵阵涛声
东方的心跳，汗水，打磨出光

令这些大星依次闪亮

北
斗

太空真静，导航着我的思绪

如一根针

细密地穿越祖国的万里河山

巨浪

巨浪是一种浪

在大洋深处喷薄而出

像光芒一样打开

刺痛太阳黑洞洞的瞳孔

巨浪也可以是一束光

穿越万里长空

携带鱼群和风暴

掠过绿地　蓝海

巨浪

有时也静若处子

在一个国家的心脏里

如水一样安眠

东风

东方风来

满眼春天的枝干

树木长成坚硬的钢铁

一枝枝伫立在大山里

弹奏着春天隐秘的琴弦

钢铁的穿天杨

树干泛着青铜的冷光

翅膀偶尔会如孔雀开屏

翼下万物生长，美丽如斯

这是最好的防护林了

有了这些枝干

可以让风暴趋于安静

东风比疾风更迅速

比顺丰更精准

叮咚　快递到了
这是军人送给全体国人的
最为珍贵的礼物——
一束带着露珠的
和平

极限深潜

为了造出自己的核潜艇，"中国核潜艇之父"黄旭华院士隐姓埋名 30 年……

——题记

这片海

湛蓝的海　祖宗的海

美得让人战栗

他扑通一声跳入海中

其实，最深的水是时光

慢慢挤压着他的身躯

他必须长出鳞　长出腮

长出特殊的脊梁和肋骨

这样才不会被巨大的压力

压出铿锵的声音

极度深潜

他的身体生出了绿色的苔藓

放射冷峻坚硬的光

在缓慢下沉的水中

他们拆解着美国核潜艇的玩具模型

他们用算盘和计算尺核实一组组数据

用磅秤称出了核潜艇的重心

极限深潜

据说扑克牌大小的钢板

要承受一吨多海水的压力

他的身躯又要承受

多少吨重的沧桑岁月

"科学没有国界,

但科学家有祖国。"

浮出水面的时候

他到哪里都能听到身体的回声

他早已与核潜艇融为一体

无声地穿透岁月

发出金属的光泽

这片海

湛蓝的海　祖宗的海

自从有了他

变得如此与众不同

铀矿石

这真是一块神奇的石头

光芒四射的石头

有着脉搏和金色条纹的石头

也是一块能够决定命运的

沉甸甸的石头

经过复杂的提炼、裂变

它会释放出一种强烈的情感

这种情感光芒四射

用比太阳更耀眼的语言

诉说一个国家捍卫和平的决心

比武器更重要的是精神

就像裂变的原子

其实最终释放的是情感

它们如火山一般喷发

几十年后依然能够感受到

激情澎湃的力量
让你的心跳加速、共鸣

这枚金色的石头
在原子城纪念馆里
安静地陈列
一切辉煌的源头
都会渐渐归于静谧

金银滩

阳光是金
雪山是银

油菜花是金
哈达是银

正午的大草原是金
傍晚的青海湖水是银

王洛宾的歌声是金
安静的相思是银

原子城是金
西海镇是银

金银滩一望无际
遍地是精神的黄金白银

达玉部落

为了一个秘密
他们离开世代栖息的家园
金银滩多么难以割舍

找寻部落的全部历史
都用行动书写着
家国情怀

金银滩渐渐成为"国营工厂"
他们远远地凝望，直到那一天
一道强光在夜晚中诞生

他们认为一切付出都是值得的
没有金银滩，哪有金银
没有国，哪有家

灿
烂

灿烂

七月停歇了歌唱

那茂密的丛林

和崭新的婴儿属于同一法则

阳光灿烂，在大海的深处

耸立一座闪光的堡垒

里面有鱼群光辉的侧影

和静谧的雷鸣

死亡并不是终结

巨大的力量

掀翻了石块，阳光灿烂

白花花的生命的盐

在停顿中攥起坚硬的拳头

明天不会消亡

黑夜尽头的合唱

隐隐约约地跨越

生命的头颅

七月高高地悬挂

七月的手掌

响击一切拥有铃铛和火焰的事物

阳光灿烂，绽放在水的上面

携带着大海和雷霆

愤怒的花香击碎了午后

我就静止在这样的玄想里

等待时间最后的判决

暴雨降临

风是箭的姊妹

掠过人群的血

射向远方

暗示着一些生命的流逝

婴儿纷纷穿越时光和期待

以不可扼杀的激愤拒绝静止

坟墓上的花环凋谢了

黑色的墓碑上刻着生者的名字

那衰老与永生的主题

在这个世界被深深地传颂

暴雨降临的时候

我正在海德堡的古桥上漫步

我看到一片雨点敲击的河段

在迅疾地书写无数人类的名字

星空之下

草原的天穹之下
繁星击沉了我的身影
大地上充满荒芜的野草
躺在上面
我忘却了自己的名字

黑夜降临
远方的长河融化于落日
我感觉到生命的沉寂
点燃了宿命的孤独

让生命在星空下铺展
我的血液化为溪流
我的骨头化为刀剑
如流星般
以片刻的灿烂
给黑暗致命的一击

一首诗与一座雄关

文字如山

在纸上崛起

一座座大山

有万钧之力

把"娄山关"三个字

轻轻置于霜晨月下

长空雁叫

一声声

唤醒了千古诗意

诗人在战场上

能听到马蹄声

敲碎群山

能看到

金黄的喇叭

吹奏出如血残阳

正如伟人在山隘口

可以预言雄关如铁

中国革命从这里出发

迈步从头越

一首诗

是一座雄关

矗立于千年诗史

无人敢于超越

一座关是一首诗

金声玉振

响彻万水千山

人人想前来诵读

在苟坝，倾听马灯的声音

是的，岁月一定忽略了一种声音

被石牛山、银屏山和马鬃岭环抱的声音

一条曲折小道上

被夜色和虫鸣掩盖的声音

它从一盏马灯中传来

开始的时候如此细微

只有煤油灯嘶嘶燃烧的声音

只有一个人脚步踩在山路稻田边的嗤嗤声

或许，可以加上春夜细雨的沙沙声

声音从马灯出发

闪耀着温暖鲜红的光亮

穿透历史的帷幕

愈发汹涌澎湃、势不可当

千军万马的嘶鸣声

前赴后继的冲锋声

在小小的马灯里交汇

1935 年春。小道上

他提着马灯，脚步声如此细微

却又如此惊心动魄

这是多么优美的意象

一盏小小的马灯

如声音一样弥漫

渐渐点亮了整个中国

石头里的光芒
——写在苏武雕像前

把所有的苦难

聚集起来

包括草籽的饥饿

冰雪的寒冷

一只只绵羊的孤独

细细地打磨

把所有的信念

聚集起来

包括 19 年的凝望

每年跨越千里南飞的大雁

越来越光秃的节杖

在手中化为的爱

把这些都放入时光

细细打磨

一秒一秒地淘洗

用水冲刷

用一年中最冷的寒风雕刻

用含着眼泪的烈火提炼

千年的滴水穿石

万年的痴心不改

石头磨成雕像

手持汉节

站在武功的大地上

撑起整个八百里秦川

我真的不敢多看一眼

那石头里的光芒

千年之后

依然刺人双眸

最鲜艳的红
——写给王继才、王仕花夫妇

抵近灌河入海口，除了一阵阵

持久的、深沉的、律动的海涛

你一定可以听到，身体融入岩石的声音

血液扎根泥土的声音

呼吸吹拂礁盘的声音

需要怎样的坚韧

才会让骨骼铮铮作响

成为抗击台风和暴雨的苦楝树

慢慢染绿这座小岛

需要怎样的柔情

才能让汩汩奔流的血液

变身清澈溪流

缠绕着小岛的晨昏

睫毛，化为野菊花瓣

凝视时光，也抵挡寂寞的长夜
需要怎样的爱和多么大的勇气

肌肉，化为嶙峋的岩石
需要多少年的淬火
冶炼漫漫时光

他们的胸膛，容下了无边无际的孤独
肩膀，扛起了无法想象的困难
在婴儿的啼哭中，揉碎自己的心
在双亲的苍老里，印上自己的泪痕
"守岛就是守国，守国也是守家"
他们每天升起五星红旗
让这座小岛有了最美的颜色

他们把一个个平凡的日子
打造成一串串钻石
雕刻上家国诗意
洒遍小岛的每一处角落
30多年啊，30多年啊
他们的呼吸，化作阵阵涛声
他们的骨头，弹奏着小岛
渐渐有了黄金的色泽

一个人，可以在传说中化蝶

两个人，可以在坚守中化为一座岛

在黄海前哨，小小开山岛

就是他们两个人化成的

他们把自己熬成一座岛

就是为了在万顷碧波间

白色浪花上，为祖国

天天捧出那一抹高于天空的

最鲜艳的红

无瑕

安静得像深藏在记忆中的
一把钥匙，悄然打开土地的宝藏

谁能在大漠燃放如此众多的
雪白的，以及彩色的焰火

泉水的细嗓子唱出的高音
悄悄缠绕她柔软的根须

正如初恋时托在手掌上的
那片雪花：温暖，珍贵，纯洁无瑕

真正的无瑕无惧乌云。她纤细、柔韧
就像诗句中高速转弯的那一部分

三十年

三十年前读过的一首

诗，如今被再次阅读

当年曾忽略的词语，今天

被一一发现。当年的笑

已解读为泪：这非关理解力

与鉴赏力，而是关乎

读诗的少年，已两鬓寒霜

三十年，如诗中的那个跳跃

一下子抵达顶点

没有任何的停顿与迟疑

第四辑

一个大校的下午茶

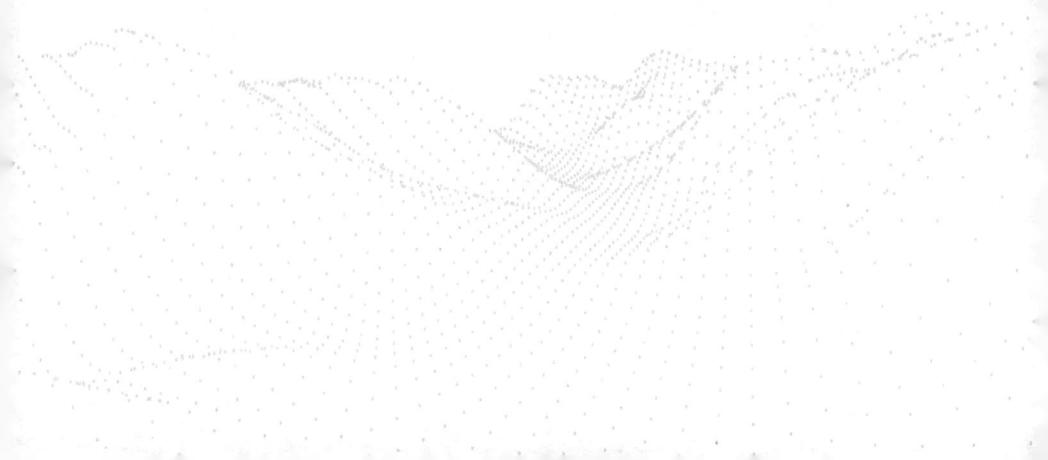

不一样的诗

我在写一些

不一样的诗

我的意象不是

都市里的楼群

乡间的麦粒

有情调的咖啡香气

也不写自己身体的

某一个细节

我的意象是

雄性大漠，冷月边关

钢铁的呐喊

肌肉上的汗滴

竖起的导弹

枪支的火暴脾气

战士双手上生长的茧花

以及一颗颗面向国旗与军旗

跳动的心

我不在书斋里玩技巧
让烟火气越来越淡
我不喃喃自语
说别人听不懂的旁白
我的句子，不用脑筋急转弯
也不会只有自己的哭与笑

我把每个字当成一颗子弹
弹头上折射青铜的光
驱赶内心的那一点点黑暗
我把子弹压进枪膛
并不急于扣动扳机

我在等着
等着一首不一样的诗
从枪膛喷薄而出
击中那个圆圆的靶心

一个大校的下午茶

当你和他讨论文学时，天色暗淡下来。
飞鸟的翅膀令树叶微微抖颤。
日子多么美好，明月即将升起，
星星与人类的名字，必将一一对应。

泡一杯茶，心跳平缓而又明亮。
惯看长河落日，放下人生的悲喜。
这是一个生机勃勃的暮春，
初夏已在心中来临，先于盛开的繁花。

拆弹手

这情感的炮弹

外表泛着金属的冷光

让我不得不

小心翼翼地捧在手里

唯一能做的

就是拆除它的引信

即使燃着孤灯

也难以推开四周的暗夜

我听得到炮弹内部

嘀嗒嘀嗒的倒计时

这时常令我毛骨悚然

它随时可能引爆

把我内心的城墙炸掉一角

引起坍塌

或许是一个动词

也可能是一个名词

我必须小心打磨

保持它们微妙的平衡

让它们发出形容词般的微光

我怀抱着这个炮弹

尽量让里面的火药温柔下来

变成黑色的土

孕育一畦繁花

军旅诗就是这样诞生的

你必须把这金属的炮弹

拆分　组合　打磨　刨光

让它变得浑圆

不再有棱角

让它在你的手中沉甸甸的

有了上膛的渴望

"炮弹出膛

天摇地动"

不知为什么

我始终是一个拆弹手的角色

或许这炮弹火力过于强大

我不想让它出膛时

让周围一切文字的山河大川

黯然失色

我的军旅诗

阳光猛虎般进击，大地上色彩斑斓。

可见落日照大旗，

可见铁马碾秋风。

我的诗歌追求这样的气象。

即使是夜晚，

也要光如白昼、月照花林。

即使是冬天降临，

也要汗珠滚动、暗香袭来。

硝烟是芬芳的。

弹道是唯美的。

夜训的呐喊声高于一切繁星。

我的诗歌里，需要带着枪刺寒光的意象。

血性，阳刚，每一个汉字

都自带着蓬勃的心跳。

有战士细微的表情和呼吸。

有钢铁绽放的流泪的格桑花。

有雄性高地上

一只雌性蝴蝶扇动的燥热的黄昏。

有黄河倒映在蓝天上的每一条支流。

有高铁巨舰托举起的每一朵芳香的浪花。

我把在军旅岁月走过的路、吃过的粮，

全部化为体温，化作酒，

折叠出纸上蜿蜒曲折的诗行。

茶杯风暴

象牙塔
很温馨
书房里
很安静

书房里有
无数个茶杯
互不接触
自言自语

来了一点外力
是风，也或许是地震
茶杯在晃动
许多涟漪在茶杯里诞生

是很大的风暴吗
不是的

茶杯风暴

涟漪到茶杯边缘为止

反弹回来的

也不过是一个更小的水波

茶杯们自言自语

上演着杯水风波

不如索性让他们碰撞

把所有的水洒向地面

看能不能演变为真正的风暴

把所有茶杯的碎片

折射人间的每个角落

看能不能捕捉到

一声叹息

在杜甫的怀抱中

"是的，你们的现代诗，

路走得有点偏。

时光的巨手，

会抹去一切喃喃自语的情感，

一切自以为是的奇妙，

一切言语上的折腾，

一切生吞活剥的拿来。

当你听到人民的呼号，

当你关心起天下寒士，

当你充分汲取了本民族的养分，

你的诗句才如巨石，

在历史的洪流中砰然作响。"

"让大多数人读得懂诗！"

2017 年 3 月，河南巩义。

诗圣！在你温暖的怀抱中，

我听到，你居然说了一句话。

去看阳光吧

你写得风生水起
意境疏可走马
情感密不透风
词汇考究　富于色彩
技巧无懈可击

我放下这张
写满诗句的纸
伸出手说：
"走，去外边看看阳光吧。"

内功

交出来，哪怕你不再是诗人

请交出你那份自大

除了李白和杜甫，还有别人，不是你

交出来，请交出你的偏执

交出你的自私

交出你的落魄

交出你的那颗

试图拯救世界的心

事实上，你拯救不了任何人

甚至你自己

善待每一个人吧

特别是诗人

用善良和慈悲

宽容和耐心

慢慢打磨生活的诗意

语言是粮食，诗是酒

你可以写得很长
也可以寥寥数语
你可以明媚，可以高扬
可以愤怒，可以安详
甚至可以懦弱
你可以情动天地
也可以隐忍不发

语言是粮食，诗是酒
只要你酿出语言的纯
和灵魂的味道
那诗中的香气，自会使人沉醉

疼痛

纸上。汉字
像一枚枚钉子
钉入
我的心

但我还是要
向更深处挖掘
让灵魂
在极度疼痛中
发出真正的声音

万里无垠

今夜
我的内心万里无垠
只有你的名字

你向我走来
月光勾勒出
你的身姿
你的话微微闪烁
仿佛成熟的蚕
在我的躯体上缠绕轻盈的丝

月光下，你向我走来
只有今夜，这唯一的夜
我与你飞翔与歌唱
化为灿烂的蝶

我是你坚强的敌人

我是你暂时的归顺者

当你在月光下披散乌发

我轻轻推倒你筑成的堡垒

今夜，我是王者

内心万里无垠

只容得下

你的名字

万里无垠

模型

总要有点仪式感吧
我已不可能像诗经
四字一句，反复吟咏

也不能像楚辞
在语气助词中铺陈情感
让这杯夜色更加苍凉

更不能像唐诗宋词
平平仄仄，宛如一个个圈套
让我的诗意咬上鱼钩

总要有点仪式感吧
我准备手工打造一个诗的模型
但还要亲手敲碎它

调兵

每一个方块字

都是一个戍卒

手下有四五千个兵

并随时听候调遣

是一件多么惬意的事

我可以把"明亮的"

调到"黑夜"前面

可以让山轻如鸿毛

让花重于一座城

让每一个汉字

都穿上盔甲

闪耀青铜的色泽

在诗歌里

我是将军　尽管没有军衔

我可以用词语打造一个

我说：金星出现

那时候

星星真的在我肩头闪烁

点金山记

点金山，坐落于北京西三环
略微靠南几百米。天气晴好之时
高约一万米，有万千气象
是一座虚拟现实之山，大部分时间
独立存在，有时与我合体

山体以纸张为主，间或杂以音频视频
亦有云端，俗称云山或山云
隐藏在一串串数字背后
字节跳动，约等于光速

山上生有嘉木，果实芬芳
一般凌晨种下数籽，灌溉及时
果实以诗歌呈现，五角形，色微红
也偶产散文，枝丫漫天
自由自在地生长。其间绝对时有假花
掺杂其间。吾不语，且听之任之

点金山，有时夏天落雪

有时冬日里电闪雷鸣

灯是太阳。阳光随笔迹蜿蜒

时而照到一两处林壑尤美之处

吾在山中独坐，笑对云卷云舒云计算

自娱自乐而已。吹吹牛皮而已

点金山哪有一万米高？

大部分时间它只有 1.70 米

大部分时间它根本不是山

大部分时间它要在云彩的重压下

向湿地俯首称臣

有一点倒是真的

点金山已快 50 岁了

山体接近知天命的年纪

看惯了大部分的时间和人生的

小小把戏。虽未百毒不侵

却已接近无喜无惧

早樱

友人发来微信

武汉大学的早樱，开了

珞珈山上，疏影横斜

香气浮动，一些感知到春天的

早樱，在枝条上恣意绽放

勇敢而生动。任何力量

包括肆虐的冠状病毒

都无法阻挡

"去不了武汉，不知道樱花

是否已绽放。"这是此前

我写下的诗句

早樱是一个象征

也可以形容一些人

一些走在前列的人

在电视上，我们可以看到那些背影

毅然走向抗疫一线

　　既陌生，又有几分熟悉

　　这些身影，带着太阳的光芒
　　带着英雄的进行曲，在天地间回荡
　　人民英雄纪念碑的底座上
　　就有这些身影。在外敌入侵时
　　在大的灾难降临时
　　总有一些身影，最早闪现

　　珞珈山的早樱，让人熟悉并感动
　　那些红色的花瓣在天空中飞舞
　　写下绚丽辉煌的交响
　　面对着这些闪烁的
　　春天的灵魂，我要说——
　　温暖的春天，就隐藏在你们的身影里
　　迅雷不及掩耳般，降临人间

噙着热泪的春天展翅欲飞

那一刻，几乎全城的人
都准时打开阳台的门
敞开封闭已久的胸膛
让光芒四射的声音碾过悲怆

这些歌声，推开浓厚的夜色
熊熊燃烧于深邃星空之下
无数声音的火把，汇成灿烂星河
驱散了人们心中的暗影

"我们万众一心，冒着敌人的炮火"
唱着唱着，武汉人攥紧了拳头
目光炯炯，点燃了夜空
一个噙着热泪的春天，已展翅欲飞

珍藏

我准备把一点一滴的阳光

捧在手心里，都珍藏起来

我准备把山林间最清新的空气

一点点收集，放在一个密闭的罐中

我准备把吃到的美食

做一个备份，留住它们的芳香

我准备珍藏一张洁白温暖的

手帕，宛若春日蓝天上行走的云

他们日夜奋战在医院的房间里

我要把阳光留给这些人

他们带着厚厚的面罩，穿着密不透风的

防护服，我要把甘甜的空气

送到他们的唇边，迎接这些人凯旋

用美食代替盒饭，用白云擦去他们脸上

层层叠叠的汗滴和印痕

从今天起，我坐在春日的繁花中

每天凝望着他们：火神山里没有神

只有天使，用翅膀为我们挡住人间的风雨

珍藏

每一粒种子的出征，都会点燃整个春天

整个春天，用一滴泪水迎接我

在眼眶中颤抖，渐渐清晰

整个春天，用一粒种子

惊心动魄地与死神赛跑

尽管汗滴如春风拂过的繁花

在我的额头绽放

尽管身躯里疲惫的心跳，正在寻找着

渐渐静谧的编织着温馨的夜晚

我还要再次出征

到那些遥远的地方去

那些本该生机勃勃的

春天的原野

那些正被瘟疫遮盖的美丽的土地

地球小如一个村落

所有的哭泣，都连接着我们的泪腺

所有的呻吟，都扯动着彼此的心弦

我们的命运，是一个

你中有我、我中有你的共同体

是紧紧连在一起的生命的呼吸

正如一片大海，每一滴水里

都紧紧攥着共同的盐分

共同律动着湿润的爱的波涛

亲爱的兄弟姊妹，我来了

与你一起与邪恶的病毒抗争

让我们在艰难时刻

面对着共同的

试图带走人类体温的敌人

让失血的嘴唇重新变得鲜红

让失去鲜花的大地

重新绽放让人流泪的芬芳

一起来读一首关于春天的诗

用不同的语言，用相同的心跳

我来了，让我倾听你的哭泣

让我擦去你脸上的泪痕

让我们相互拥抱

用彼此的体温，见证春天

在严冬后再一次来临

出征，出征！

我再次出发了

包裹里，裹着满满的爱

和感同身受的疼痛

裹着一个民族的价值和信念

还有一粒小小的种子

——每一粒种子的出征

都会点燃整个春天

新时代与当代军旅诗的发展

（代后记）

　　习近平总书记在党的十九大报告中指出："经过长期努力，中国特色社会主义进入了新时代。"新时代是我国发展新的历史方位，对于诗歌创作而言，思想观念也应该进入新时代。

　　进入新时代，中国诗歌也要产生与伟大时代相匹配的"大诗"，也要诞生能够见证这个时代的杰出诗人。按照我的理解，新时代诗歌，其内涵是中国新诗发展到新的历史阶段产生的诗歌；其关键是坚持以人民为中心的创作导向；其使命是弘扬中国精神、讴歌中国人民在追梦逐梦的历史进程中展现出的精神风貌；其目标是创作无愧于时代的优秀作品，把最好的精神食粮奉献给人民。

　　在中华优秀传统文化中，诗词特别是边塞诗是最具阳刚之气、最具理想风骨的那部分。我国的《诗经》《楚辞》里，就有不少军旅题材的诗歌，《全唐诗》更是收录了 2000 余首边塞诗。边塞诗是唐代诗歌的重要题材之一，思想深刻、想象丰富、极具艺术感染力。强盛的唐帝国为边塞诗的繁荣发展提供了坚实的物质基础，边塞诗也同样为初盛唐提供了昂扬向上的时代精神。如果没有边塞诗，唐王朝就不是完整的唐王朝，其光彩要大打折扣。在历史长河里，边塞诗给人们留下了无数令人回肠荡气的诗句，具有强烈的感召力，具有独特的英雄主义、理想主义风骨，具有崇高、阳刚、壮美的美学品格。可以这样说，边塞诗从一个独特角度撑起了中国诗歌的精神支柱，堪称世界诗歌史上的一道奇观。

百年前诞生的中国新诗，继承了中华文脉的爱国主义传统，产生了大量脍炙人口的名篇。作为中国新诗的重镇，军旅诗无论是战争年代还是和平时期，都挺立在时代潮头，有效地激励着中国军人弘扬爱国精神，彰显英雄气概，培育尚武精神，传承红色基因，也为全社会提供着奋发进取的精神力量。

军旅诗人们应该深刻认识到，正如边塞诗之于初盛唐一样，军旅诗是新时代中国文学的重要组成部分，在诗歌繁荣发展中有着独特的地位和作用。在中国特色社会主义进入新时代的历史阶段，参与构建和发展中国特色社会主义文化，推动新时代文学和诗歌创作的振兴，是军旅诗人的重大历史责任。

进入新时代，军旅诗为现代诗的繁荣发展，在语言形式、审美风格、文本探索等方面又增添了新的活力。新时代的军旅诗创作，在传承中国诗歌优良传统的同时，怎样才能直面时代变革、引领诗歌创作、创造传世诗篇，成为军旅诗人需要关注和解决的现实课题。

"一秒钟都不脱离这个时代之外"

与时代脱节，与人民绝缘，是现在诗歌创作的通病。一段时间以来，诗歌界放弃了大我追求小我，放弃了现实追求内心，过于讲究怎么写而不讲究写什么，不同程度存在着远离时代、不接地气、喃喃自语、不知所云等问题。造成的结果就是诗歌越来越"小众"，越来越成为文字游戏和"杯水风波"。诗歌评论家谢冕在《中国新诗史略》一书中，对21世纪以来的中国新诗表达了某种程度的失望："失去了精神向度的诗歌，剩下的只能是浅薄。同样，失去了公众关怀的诗歌剩下的只能是自私的梦呓。"应该说，这个评价是对当代中国诗坛自我陶醉的一个"当头棒喝"。其实，新诗诞生之初，白话诗很好地继承了中华诗词现实主义的优良传统，其精神是"入世"的，既有《女神》对创造的讴歌，也有《死水》对社会的嘲讽，还有《大堰河》对普通民众的深刻同情。朦胧诗之后，中国新诗似乎越来越远离古典传统、主流价值和大众生活，逐渐向内心的独白、日常生活的扫描和小众化发展，在美学风格上表现为越来越口语化、口水化、庸常化，造成的结果是，一些诗歌越来越远离时代、远离人民、远离生活、远离崇高，在群众中的影响力也越来越小。习近平总书记说："任何一个时代的文艺，只有同国家和民族紧紧维系、休戚与共，才能发出振聋发聩的声音。"这句话对于当代中国诗坛，具有巨大的提示和指导作用。

当前，中国特色社会主义进入了新时代，国防和军队建设也进入了新时代。与中国军队取得的日新月异的变化和巨大成就相比，我们的军旅诗创作也和当代诗歌一样犯着"脱离症"，远远落后于火热的强军实践。如果一个当代军旅诗人的诗作中，看不到迈向世界一流军队的矫健身姿，听不到先进武器装备竞相列装的蓬勃心跳，感受不到浴火重生的军队实现强军目标的感情迸发，还奢谈什么军旅诗的突破？谈什么军旅诗的地位和作用？用诗讴歌和记录这个伟大的时代，是军旅诗人的神圣使命，也是军旅诗人的庄严答卷。谁这个答卷回答得好，谁才会在诗史中留下自己的身影。

新时代的军旅诗创作，要理直气壮地唱响时代主旋律。在传播我党我军的价值观方面，军队作家一直走在前列，军事文学也一直是中国特色社会主义文化中最阳刚、最正大、最富于理想、最振奋人心的部分。作为军旅诗人，要发挥好这个光荣传统和独特优势，带头学习贯彻党的十九大和十九届二中、三中、四中、五中全会精神，始终坚定践行习近平总书记关于文艺工作的一系列重要论述，带头处理好诗歌创作与时代的关系，在书写时代中找到自己的方位，深入到部队火热的生活中去，忠实记录中国军队全面建成世界一流军队的伟大实践，紧紧追赶强军兴军的铿锵脚步，让自己的作品充满艺术理想，充满生活气息，充满硝烟味道，创作出无愧于时代的优秀诗篇。

注意汲取中华优秀传统文化的养分

当代诗坛还有一个通病，就是"言必称希腊"：大讲借鉴外国诗歌，不讲继承古典诗词传统；重视对外国诗歌、诗人的研究，忽视对古典诗词应有的尊重。现代诗里食洋不化的现象比比皆是，连外国诗中为照顾韵律需要的分行也基本照搬过来，不问青红皂白，生硬分行断句，早已泛滥成灾。诗歌越来越失去意境，丢失了语言的精妙，更不要说内在的仪式感和音乐性了。更为令人担忧的是，现在很多诗人是学习和模仿译诗进行新诗创作的，而现在译诗本身就存在着诸多乱象和问题。

中华优秀传统文化是中华民族生生不息、发展壮大的丰厚滋养，是我们的文化血脉，是我们民族最大的软实力。习近平总书记深刻指出："只有扎根脚下这块生于斯、长于斯的土地，文艺才能接住地气、增加底气、灌注生气，在世界文化激荡中站稳脚跟。"在党的十九大上，习近平总书记再次强调"坚守中华文化立场"。不忘根本才能开辟未来，善于继承才能更好创新。中华文化蕴含着丰富的爱国主义、英雄主义、集体主义等精神力量，带有鲜明的民族特色，有着永不褪色的时代价值。作为军旅诗人，要传承好中华文脉，"深入挖掘中华优秀传统文化蕴含的思想观念、人文精神、道德规范，结合时代要求继承创新，让中华文化展现出永久魅力和时代风采"。要自觉从传统中寻找根基、血脉、方法，在继承的基础上创新，让汉语言的美在军旅诗中优雅绽放。一个诗人能够称得上伟大，就必须对丰富发展本民族的语言作出杰出贡献。屈原的《离骚》、但丁的《神曲》是如此，歌德的《浮士德》、普希金的《叶甫盖尼·奥涅金》也是这样。当代军旅诗人的国学修养还有待提高，从古典诗词中汲取的养分还不够充分。古诗词中那些精微的生命感发、精妙的审美意境、精简的语言风格、精当的对仗韵律，都值得当代军旅诗人借鉴。

大胆吸收借鉴外国诗歌的优秀成果

军旅诗人是一个比较特殊的群体。在学习借鉴外国优秀诗歌方面，还存在着不小的差距，结果是军旅诗的艺术表现方式平庸，形式单调，手法老套，缺少灵性、新鲜感和深刻的洞察力。其实，诗歌是多彩的，诗歌因多彩才有交流互鉴的价值；诗歌是尚新的，诗歌因尚新才有交流互鉴的动力。百年以来，正是注重对外国优秀诗歌的吸收借鉴，中国新诗才能不断奔流向前。徐志摩、闻一多等人的诗，受英美影响较大；艾青、李金发等人的诗，可以看出法国诗歌的影子；冯至等人的诗，则受益于歌德、海涅等德国诗人；宗白华等人的诗，都与日本近代诗歌有着千丝万缕的联系。从军旅诗的角度而言，世界各国有 20 多位获得过诺贝尔文学奖的诗人，战争诗在其创作中占有相当的比重。艾略特、埃利蒂斯、塞弗尔特等诗人，更是以战争题材诗歌获得诺贝尔文学奖。新时代诗歌的生命力在于创新，军旅诗的发展也在于创新。因此，军旅诗要大胆向外国优秀诗歌学习，认真借鉴世界各国人民创造的优秀诗歌作品，使新时代的军旅诗因借鉴而生动，因创新而精彩。

在艺术上打造出新气象

现代诗之所以被人诟病，有一部分原因是没有形成自己的气象和格局。一些诗作诗意缺失、口水泛滥，低俗盛行、以丑为美，使现代诗失去了人民的喜爱。在打造新时代诗歌的新气象方面，军旅诗有自己的强大优势，可以走在前列，起到示范和带动作用。

军旅诗的优势是什么？是国家情怀、正大气象和铁血品格。军旅诗人一定要发挥军旅诗的优势，放眼时代、壮大格局，要有"大视野、大情感、大气派"，在伟大的新时代形成自己的新气象，发出洪亮而独特的声音。

　　在形成新气象过程中，一定要注意：主旋律并不是大白话，也不能是生硬的。诗是诗人用生命在吟唱历史。在强调思想性时，一定要有"历史的个体感"。越是重大的历史事件，越需要"感时花溅泪"般的个体生命体验，只有这样，诗才不会流于直白，流于空洞，流于口号。在强调艺术性时，一定要有"个体的历史感"。脱离时代的呐喊，只能是喃喃自语；远离生活的激情，只能是无病呻吟。没有艺术性，诗很可能滑向打油诗；没有思想性，诗也只能是纸草、塑料花，不可能有生机和活力。优秀的军旅诗人就是要在这种"险路"上达到"优美的平衡"，在"戴着镣铐"的同时，跳出优美的"生命舞蹈"，推出更多具有中国特色、中国风格、中国气派的军旅诗作，将鲜明的艺术特性和强烈的时代气息融为一体。只有这样，才能让军旅诗在新时代大放异彩，让优秀的军旅诗人成为这个伟大时代的代表性诗人。

　　习近平总书记深刻指出，"中国不乏生动的故事，关键要有讲好故事的能力；中国不乏史诗般的实践，关键要有创作史诗的雄心。"新时代催生新使命，新使命指引新方向。今天，站立潮头、引领潮流、打造精品的重任历史地落在了军旅诗人的肩上。只要军旅诗人们认真学习、躬行实践习近平总书记的重要讲话精神，拥抱时代，努力创作，就一定能写出无愧于伟大时代、无愧于伟大人民军队的传世诗篇！